D1108519

Para todos.
A.K.R.

Para Kazuyo Watanabe,
fundador de la Asian Children's Care League,
que siembra esperanza alrededor de todo el mundo.
P.H.R.

Título original: *Plant a Kiss*

© 2012 Amy Krouse Rosenthal, por el texto
© 2012 Peter H. Reynolds, por las ilustraciones

Publicado originalmente por HarperCollins Children's Books, un sello de HarperCollins Publishers.
Esta edición se ha publicado según acuerdo con Taryn Fagerness Agency y Sandra Bruna Agencia Literaria, S.L.

Traducción de Sandra Sepúlveda Martín
Tipografía de Peter H. Reynolds

D.R. © Editorial Océano, S.L.
www.oceano.com

D.R. © Editorial Océano de México, S.A. de C.V.
www.oceano.mx • www.oceanotravesia.mx

Primera edición: 2014

ISBN: 978-607-400-959-0

Depósito legal: B-12342-2014

IMPRESO EN ESPAÑA / *PRINTED IN SPAIN*

9003843010514

Siembra un beso

Escrito por Amy Krouse Rosenthal · Ilustrado por Peter H. Reynolds

OCEANO travesía

La historia comienza así.

Una Pequeña

sembró un beso.

¿Sembró un beso?

Sembró un beso.

Sol.   Agua.   Amor.

De nuevo.

Esperar y esperar...

hasta no poder más.

Dudar.

Desesperar.

De Pronto...

¡saltar y brincar!

¡Todos!

¡Aquí!

¡Caramba!

Pensar y Pensar.

¡Ya sé! ¡Lo compartiré!

Sin importarle

lo repartió por todas partes...

Cerca y lejos.

A grandes

y pequeños.

Con lluvia.

Con nieve.

O envuelto para regalo.

Hasta que se acabó.

Pero al regresar descubrió...

que de un solo beso...

¡brota

¡Todo eso!

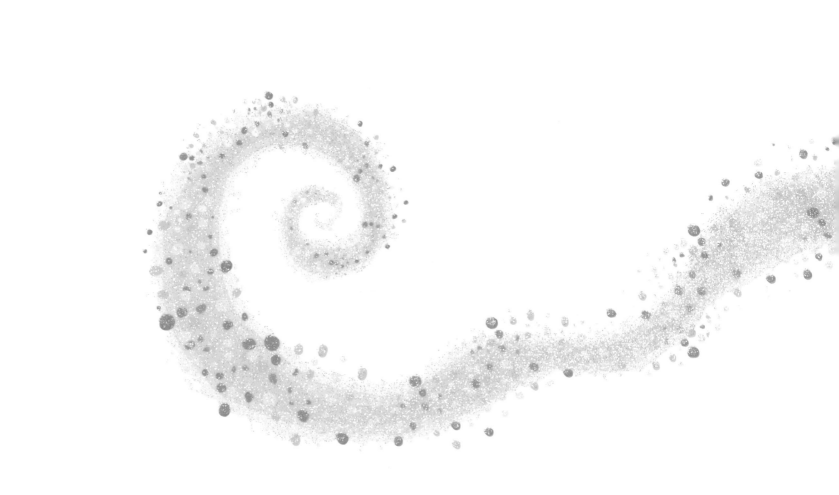